桜貝

辻宮正一句集

目次

まえがき

込宮正一さんは、第一句集「明暗」を上梓されて以降も自由律俳句の「横浜立弓庵句会」に度々参座されていました。句会に提出される句は五、六句ですが、元の句稿を拝見すると、毎月五十句近く作られていて、その他に定型俳句も数多く、その熱量には感服しております。

この度の句集のタイトル「桜貝」の「桜貝拾つた奇跡語りたし」に感じられる俳句のセンスと、どの句をとってもどこか馴染み深い親しみを感じます。そこからは作者の端正で実直な人物像が浮かび上がります。

彼の句作は身の回りの事実に基づいた事柄を句材としていて、決して空想や虚構に遊ぶことは無く、心の内にある回想や願いに基づく、俳句ならではの大胆な飛躍や韻律、それに伴う衝撃、その鮮やかなリアリズムには心打たれます。

横浜立弓庵句会　平林吉明

作品

秋風に自業自得と思ふとき

こんなにも思考のできる寒さかな

私は好きなことして湯冷めして

雛市に娘を思ふ妻思ふ

桜貝拾つた奇跡語りたし

何回か死ぬ思ひせり走馬灯

人も木も千差万別天高し

縁側に猫とゴムの木日向ぼこ

ストーブの炎の中のドラマかな

いつまでも燃えてて欲しき榾火かな

俯せに味はつてゐる炬燵かな

さへづりに話しかけたき時もあり

清明の光の撫づる頭かな

こんなにも感情的な梅雨入りかな

蝙蝠の飛んでも止めぬ野良仕事

水羊羹パカッと開ける缶の蓋

顔面を狙つて来たる炎暑かな

西日今雲の中なり百日紅

正月の豊かな光頭から
枝先に春日の精の止りをり

大は限りなく大キャベツ切る

梅雨曇笑はぬ我となつてゐし

ワイパーが猛スピードで荒梅雨で
クーラーの中の静かな心かな

目の前の物を見詰めて天の川

物語自分でつくる秋日影

日陰から日向見てゐる冬日和

きらきらと見飽きぬ水面雛祭

走馬灯裏の畑の父と母

校門を飛び出て嬉し夏休み

坂道は上りと下り敬老日

草花の逆光にある美しさ

台風のふらふら動く豪雨かな

句が欲しく真冬を歩く男かな

幾度も春の光の通過せり
ひとつづつ見えてくるもの花曇

テーブルの流るる木目走り梅雨

横浜は海風の吹く猛暑かな

蟬の声虫の声聞く秋思かな

ファミレスの薄暗がりで秋思かな

日向ぼこ孤独もいつか忘れたり

少しづつ年取つてゆく寒さかな

茹で卵つるんと剝けるけて福は内

桜咲くこの空間は貴重なり

チューリップ歪《いびつ》に震へ止まりけり

こんなにも寝るのが好きでアイスティー

さう言へば秋日和なりこんにちは

芒の穂てかてかしたる油分

寒茜きよえきよえと鳴く信号機

梅雨空に思考してゐるカツカレー

台風のさつぱりしない遅さかな

コスモスが這ひつくばつて揺れてゐる

猫の子の顔傾けて我を見る

桃の花野良着のままの母が来て

冬の日や振向く猫が目を凝らす

蓮華草ハンカチ落ししてをりぬ

繊細は雀斑のせい草の花

テーブルの匙の光に銀河かな

親密な話に外すサングラス

見てゐると何か忘るる走馬灯

鯉のぼり腹を見せたり捩れたり

母と子の砂場遊びや春近し

薄暗き茂みに白く雨の粒
この砂利を踏む音さへも更衣

春の雪ためらつてゐる着地かな

威勢よき夜店の人の向かふ脛

隅つこの汚れし水に薄氷

鼻先に当たる冬日のこそばゆき

猫柳その銀色に触れようか
折角の入園式が雨なんて

木の芽色浮き上がらせる今日の雨
てきぱきと仕事の出来る寒さかな

逆光の何か嬉しき桃の花

如月の綺麗な空気物を書く

寝転べば背に冷たきげんげかな

あいつとかこいつとか言ふ入学生

鶏頭の頭をそつと撫でてみる

屋根の雪ばさりばさりと落ちにけり

人間の気分や気持ちソーダ水

背泳ぎに大空を見る孤独かな

チューリップあらゆることをよしとする

風鈴が天を支点に揺れてゐる

夏料理運ぶ女将の笑顔かな

窓際に当番表とクロッカス

竹婦人きつく抱いたらぎくと言ひ

転び方初めに習ふスキーかな

あの空のきらきら光る雲雀かな

少年の不満や不安雲の峰

夕方をさつとまとめて胡瓜揉み

微かなるゼリーの揺れに匙を刺す

煩悩は生きてゐること雲の峰

蜘蛛の囲のふはふは動く風の来る

母さんのもんぺ姿は痩せてゐた
子供達巣立つたあとの日向ぼこ

平行に光る線路や冬来る

春たけのこ母の里より届きたり

平然を装ひをりぬチューリップ

薄暗き床の間に座す武者人形

弟とちよつと諍ふ麦の秋

竹藪の下の暗闇出水川

家にゐて髭の穴まで汗をかく

秋の日や親しき人の獣臭

手の甲に乗りくる朝日冬に入る

小春日の逆光ならば喜んで

春の朝言葉綺麗な運転手

春の水そこやかしこにハレーション

教室の光集めてクロッカス

花片の吸ひ付くやうに着地せり

炎天の側溝歩き蓋の音

風鈴を鳴らさぬやうに吹きし風

冷奴並べ夕餉の古畳

日向ぼこ眩んで見えぬ所のあり

冬木立逆立ちしてるマヨネーズ

鬼は外けらけらと孫喜んで

ぶるぶるとバスの身震ひ春立ちぬ

早春の森を歩きて友となる

夏帽子右手で押ふ御母様

夕焼を横切るバスのシルエット

お茶の間をはなれて裏の天の川

何もかも真つつぐに言ふ零余子飯

きらきらと喜び落つる芋の露

ふと今の幸福感を小春凪

枯れつ葉を踏むときの我獣めく

小石とふ小さな凸部五日かな

水仙を活けて玄関静謐に

さざんかのピンクの似合ふ鶴見線

ゆつたりと町に出てゐる卒業生

空間のたつぷりとある木の芽どき

ちょっとづつ調子ででてくる木の芽どき

木漏れ日は下草の上夏の風

赤すぎて眼の眩むチューリップ

踏ん付ける木の実か弱しこそばゆし

尿をする裸の仏槐多かな

いつ見ても新品である雨蛙

虫の闇先生がゐた友がゐた

夏料理ころがつてゐる水の玉

板の間にぺたんと座る月夜かな

蟬持って翅がぴくぴく指を押す

水面は歪んだレンズ鰍《かじか》突く

私の氷る心の罪を問ふ

手袋が我が側面をガードする

鶴が引く目が追つてゐる押してゐる

蟻んこは我の頭の影の中

快晴の青空寂し秋彼岸

こんなにも悲劇の見ゆる石榴かな

恋猫の落ちて散らばる早さかな

花のときいつも時々暗くなる

クリスマス銃口は丸き穴である

先輩と蛇の話を冷静に

ヒヤシンス人に一つの言へぬこと

蝶蝶の片翅指で持つてみた

竹藪を透かして見ゆる春燈

父母の褒美のやうな春着かな

たんぽぽにたつぷりとある時間かな

大根の輝いてゐる晴間かな

春眠の意識無意識夢の中

透明で凹凸のある薄氷

鏡餅落つこちさうな神の棚

小春日や母の正気にはつとする

真鰯の日本の海を上下して

幾度も踏んで嬉しき落葉かな

木枯の時をそのまま寝入るなり

両の手を真つ直ぐ伸ばす枯野かな

自転車のタイヤはゴムで春の風

丘にある叔父さんの家四十雀

羅でできぱきぱき動く若旦那

里帰る母薄化粧夕蛍

極小の水玉付けて牽牛花

鯛焼の鯛の形が劇画調

寒卵長男次男三男へ

足音の廊下響かせ雛祭

春雪のたつぷりと降る受験かな

ゴムの木と猫の餌台初日の出

レシートの突つ立つてゐる寒さかな

恋猫の決定的な落下音

堂々と風遣り過ごす新樹かな

地下街の埃細やか秋惜しむ

卓袱台の丸さを拭きて冷奴

我が生の丸だと思ふ走馬灯

新幹線見ゆるコンビニ草青む

春埃きらきら光る朝かな

春愁わづかに違ふビルの色

道端にポチの目をして落椿

秋暑しブルーシートの色褪せて

裸木の枝ぶりまねる手足かな

揚羽蝶森の暗闇覗き込む

竹藪の黒耿耿《こうこう》と秋の暮

蕺草のぱつちりとした眼かな

飛降りた曲線残る雨蛙

身辺の全てに感謝新走り

蜻蛉の翅を下げたる眼鏡橋

自動ドア開くやわつと虫時雨

自転車のスポーク光る夏休み

掌に林檎の抵抗感ひしと

白線が反射してゐる暑さかな

大空の気流の動き運動会

警報器鳴つて揺れだす枯葉かな

裸木の物言ふ形生きてゐる

バスを待つ背中が暑い残暑かな

繊細なスポークの影秋夕焼

コーヒーの苦さの旨し夕焼空

くねくねとホイップ出して降誕祭

信号の赤くて止る時雨かな

真実の赤々とある冬日かな

雨激しヘッドライトに曼珠沙華

ブロッコリー穫り引返す合羽かな

空中にひとつひとつの牡丹雪

イングリッシュガーデンの薔薇はち切れさう

スローモーに動くことにする猛暑かな

右頬を西日が殴る月曜日

秋風や他人《ひと》の鏡に我の顔

マイカーの腹に我が影冬ぬくし

夕暮の柿の裸木モンドリアン

白息のぶつかつてゐる大笑ひ

がうがうと沈む太陽大晦日

縁側の静かな宴日向ぼこ

建物の縦横高さ寒に入る

ルームミラー覗けば赤き鯉幟

コンペイトーそんな色合刺繡花

遮断器の静かに下りる若葉かな

雨の打つ葉の跳ね返る涼しさよ

親しきは月のあばたや芋名月

ヒヤシンス誰も恨んでをりませぬ

秋風に少し緩めの菜つ葉服

マウンドはこんもりとして秋の蟬

匙入れてぱらりと零るかき氷

土踏まず宛てがつてゐる湯婆かな

こそばゆし蝿親しげに腕を行く

見てゐると何か忘るる走馬灯

錆てゐるフェンスの月日夕桜

顔面に音の振動除夜の鐘

合格の孫を呼付け撫でてやる

デニーズのランチのメニュー春来る

名月や猫の欠伸の小さき牙

ぺんぺんと値段貼られるブロッコリー

曇天や歩道の枯葉裏返る

目立ち来る都会の汚れ寒くなる

公園の無人の遊具蝉時雨

艶々と額紫陽花の葉つぱかな

コンビニに入るメロディー秋の暮

名月の乗つかつてゐる古墳かな

出目金の痛痛しげな目の辺り

出目金に目を外らされてより悩む

又一つギヤーを上げる更衣

桜咲き圧倒的に謳つてる

一年を丁寧に生く年始め

鳴きながら歩いてをりぬ油蝉

蟻の列どんどん登る大樹かな

日向ぼこ宇宙の中の一人なり

大熊手売れて手拍子盛上る

兄弟で炬燵に潜り遊んだ日

むせかえる香りのたちし茸飯

真夜中も案山子一人で立つてゐる

ワイパーのけちらしてゐる五月雨

サングラスはずせば幼馴染かな

今日の風とにかく丸き清和かな

人声の折目正しきお正月

伸《の》し餅を肩怒らして切つてゐる

春の星槐多はものを放り投げ

藁葺きの隅の暗さやかまどうま

大根の白くかがやく出荷かな

晴れ渡る大日本の三日かな

あとがき

この子（句集）は素直な優しいいい子です。でも親（作者）がしっかりしないから変てこな句集になってしまいました。どうかいけない部分は親をせめてこの子を可愛がっていただくと、うれしいです。

私は以前、自由律と定型をいっしょに作っていましたが、現在は、鈴木章和先生の「翡翠《かわせみ》」に投稿しています。

込宮正一

著者略歴

込宮 正一(こみや まさいち)
1951年
神奈川県横浜市生まれ
武蔵野美術大学造形学部卒業
元教師、現在農業に従事
2011年頃より俳句を始める

桜貝　込宮正一句集
込宮正一著
二〇二五年四月三〇日　発行
発行／蒼天社　野谷真治
〒二五九－〇一一四
神奈川県中郡二宮町山西八五四
TEL&FAX　〇四六三－七二－六六〇一
発売／汎工房
〒一八一－〇〇〇五
東京都三鷹市中原四－一三－一三
TEL　〇四二二－九〇－二〇九三
FAX　〇四二二－九〇－七九三〇
郵便振替（〇〇二九〇－四－二四一〇四　蒼天社）
編集　蒼天社編集部
制作　彩企工房（横浜市）
印刷　山王印刷（横浜市）
定価（本体一〇〇〇円）